詩集

もったいない農婦

小関俊夫

無明舎出版

詩集　もったいない農婦

青虫

キャベツブロッコリーの
葉の裏に
青虫がいっぱい
女房ボールいっぱい
とってきて
ニワトリにやる前に
得意げに見せる
生きる女が
立っている

モンシロチョウは乱舞し
敗じと産卵する

すっかり
葉をくわれても
スジだけの
キャベツ
小さく結球している

ボールいっぱいの青虫
ニワトリの
胃袋におさまった
明々後日
キャベツブロッコリーが育んだ
青虫の卵を
いただける

パートナー

四月田起し
深耕１５㎝というが
２５馬力のトラクターには１２㎝
低速でロータリーの回転数もおとす
パートナーはなっとくしてモクモク働く
一町歩の田大型トラクターなら
半日もかからないが
一日かけてゆっくり起す
パートナー
十日後再耕起
大きい土の塊を細かくする
トラクターを中速に

ロータリーの回転数もあげるが
ラクチンラクチンと
エンジンのメーターも
ふれない鼻歌のパートナー
畔のタンポポにウィンクしたり
遠く残雪の山々に
「雪代待ってるど」と
大声あげたり
ごきげんなパートナー
おらも楽で眠気がでる

小さな城

草がいっぱい
花がいっぱい
虫もいっぱい
鳥もいっぱい
屋敷蛇もいる
土の中は
蚯蚓がはりめぐる

西は居久根
東は苗代
北は柴林
南は野菜畑

四隅には
柿の木
梅の木
榧の木
栗の木
成り物の木々

母屋をかこむ
庭鳥小屋
薪小屋
藁小屋
作業場
味噌部屋
米蔵に大豆に小豆

少々の飢饉には
耐られる
我家は小さな城

轍の道を
猫が
やってくる

オタマジャクシ

トラクターがつくった
苗代の水たまり
オタマジャクシが
干上がりそうだ
バケツ一杯の水をたしたら
オタマジャクシが
泳ぎだした
ひと安心

三日間
オタマジャクシを
忘れていた

晴天と強風で
水たまりは干あがり
オタマジャクシも
干あがった
　ごめん

稲作の変化
異常気象
カエルの合唱は
もうないか
草野心平のカエルは
もういないか

ブロッコリー

根雪がとけて
ブロッコリー
よれよれの姿であらわれた
大丈夫かと行ってみた
節々の茎は根元が細く
上にいくほどどこ太くなる
独特な野菜

小さなブロッコリー
四個もつけて
雪の懐で
冬眠しながら

春を待っていた
ブロッコリー
めんこくなって
なでてやった

六月になると

田んぼが
おらを呼ぶ
深水の田んぼを
こいでいくと
稲株は勢いっぱい開張し
分けつ最盛期を知らせる
顔を近づけ
「いいね　いいね」と声をかけ
指で稲茎にさわると
硬く頑丈だ
稲株がほほえんだ

六月になると
青々と繁る稲田は
人をのみこむ

春の畑

小麦が青青と
開張し
空をつく

ヒバリが鳴いた
ハコベも咲いた
タンポポも咲いた
オドリコソウも咲いた
ジャガイモも
蒔かれて
畑に春が来た

春の畑に

腰をおろすと
ほどよい曲りの
小麦の条
残雪の栗駒山まで
のびている

蟻

雨の日
蟻の集団が
おらの部屋にやってきた
足の踏場もないので
すこし帚ではいたら
縁側にでて
行列つくって
柱のすき間に
入いっていく
縁の下に
巣があるようだ

雨の日
農民は休日だが
蟻には
休日がないようだ

筍

居久根の竹林
筍いっぱい
親戚に近所に
おすそわけしても
つぎからつぎと出てくる
もったいないので
せっせと筍食べる

太い筍は
太い竹に
細い筍は
細い竹に

地下できまってるが
皮をぬぎながら
いっしょに空にのびていく
知らぬまに六ｍものびて
竹になっていた

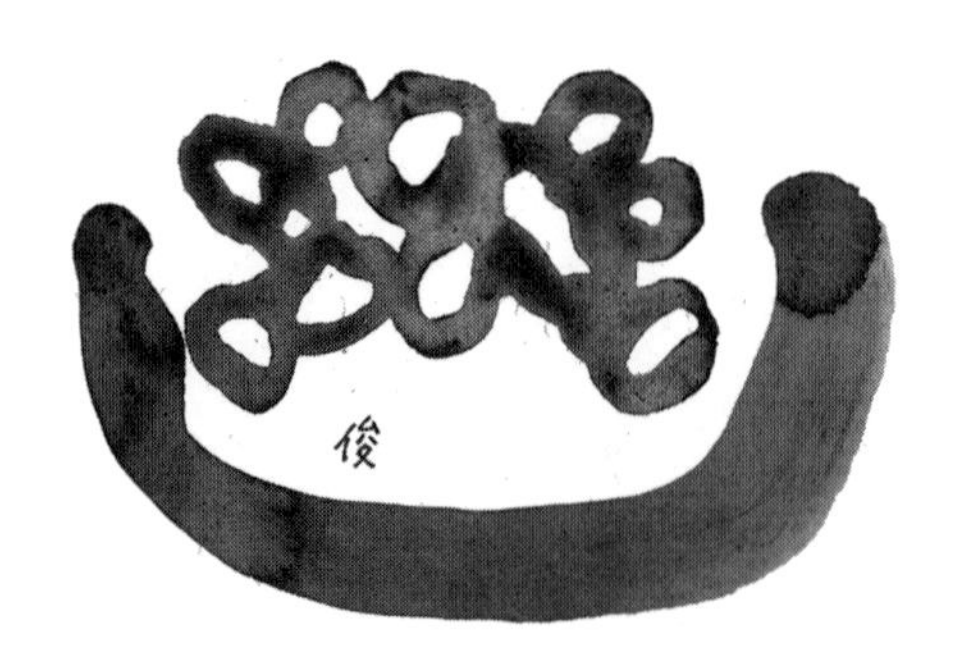

船形山いじめ

１９９７年から
始まり
２０２３年
２０回目のいじめ

王城寺原演習場
から船形山へ
実弾砲撃訓練
軍事費増額で
いじめをこえる

ダンゴムシ

さわるとまるくなるダンゴムシが
ひっくりかえったまんま
まるくならない
おこしてやってもひっくりかえる
おかしなダンゴムシ

女房が左手の平に
右指でかいて
おらに説明する
甲羅がひよわで
無数の細い足を
キャタピラーのように

動かすが丸くならないと

畑仕事をしているから
よく虫を見るのだろうが
のめりこむのにはびっくりする
三日前には
蛇の水のみの話
今日の朝飯には
おかしなダンゴムシ
女房も
おかしなオナゴだ

蛇

雨樋からおちる水を
蛇がのんでいる
女房ははじめて見て
カメラをとりに行ったら
蛇はいなかったと
長い舌をのばして
のんでいたと
蛇も冬眠あけで
咽が乾いていたのだろう

おらも
水のむ蛇見たかった

玄関で
日向ぼっこする蛇
何度も見ているが

放射能汚染水海洋放流

汚染水は
いつまでたっても汚染水
海に垂流しても清水にはならない
うすめれば害にならないと
国と東電
放射能汚染水海洋放流

漁民の反対意見は
銭でもみ消すことができるが
魚の意見は
おっかなくて聞けない
国民には

ヘリクツで安全にするが
魚には暗然だ

銭を知らない
母なる海
銭で泪も枯れる
母なる海
銭の世いつまで続く

白と黒

野良猫か
飼い猫かわからない
白と黒別々にやってきては
藁小屋で寝そべったり
作業場に入ったり
畑をうろうろしたり
我家も
生活の一部になっている

俺の居場所で
「白」「黒」と声かけても
しらんぷり

良い事だ
媚びを売らない猫は
ゆっくり歩き
のんびり生活している

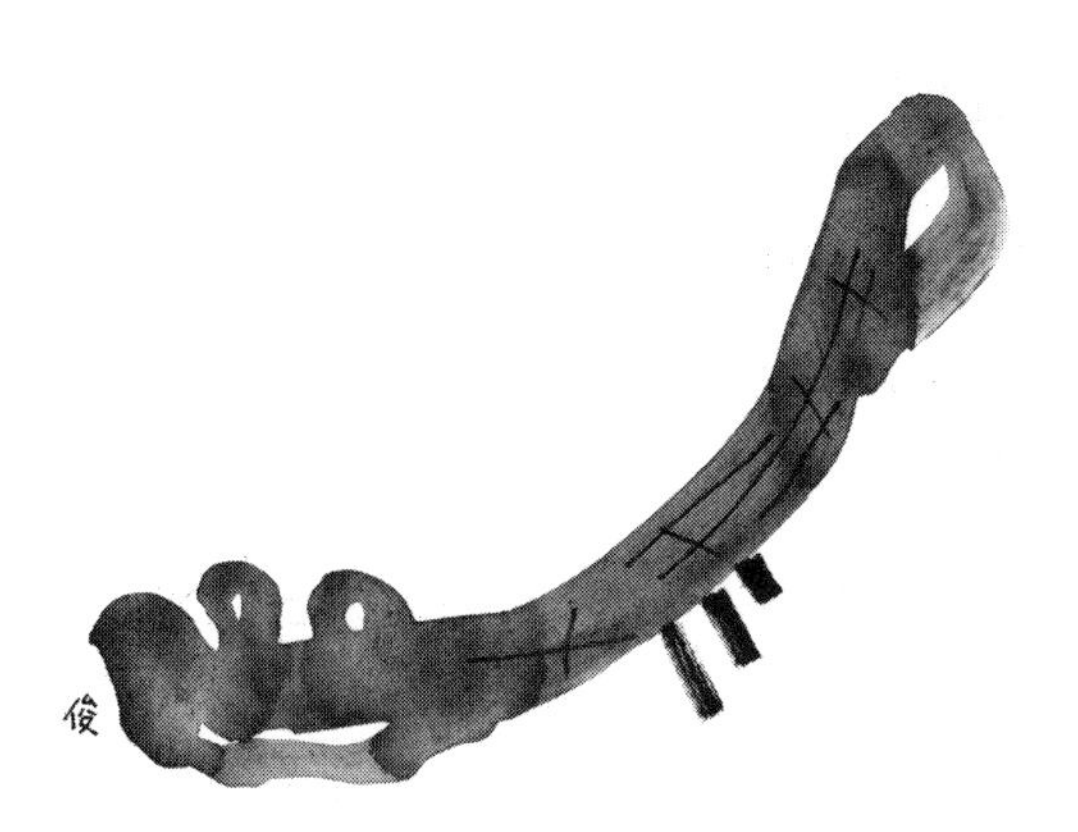

悲しい仕事

王城寺原演習場から
山にぶちこむ
大砲が轟いてくる
日米合同演習
日本の自衛隊
米国の軍隊
戦争の練習
悲しい仕事を強いられている

冬の夕空
黒雲が
なにごともなく

流れていく

轟は止まらない
悲しい仕事も止まらない
悲しい仕事に破壊はあるが
創造はない
悲しい仕事は
地上にあってはならない
悲しい仕事
悲しい仕事
痛いの
痛いの
飛んでいけ

走れ

太陽が
ギラギラ照ると
稲田へ走りたくなる
待て待て
太陽は
もっと強くなる
蝉の声も
ジリジリと熱い
午後二時
白雲も動かない
稲田は
コロナの陽射しを

浴ている
今だ
サンダルでいいから
走れ
軽トラックで走れ
老農人
走れ走れ
グングンしなる稲穂
待ってるぞ

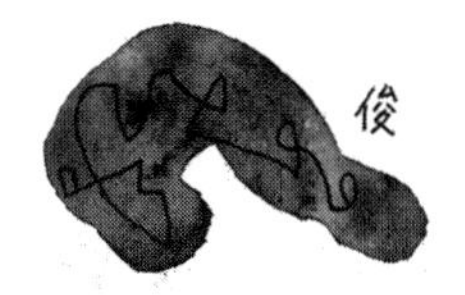

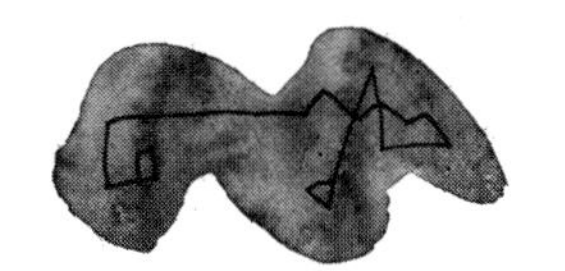

子孫

イネミズゾウムシに
葉をくわれ
根をくわれ
のみこまれていく
稲株たち
必死にはいあがり
茎葉をのばす

回りの稲株より
半分の草丈に成長し
三本から五本出穂した
イネミズゾウムシ

三本くらい根を
のこしたようだ
短く細い稲穂から
籾がひらいて
花も咲きだした
けなげに
子孫はつながった

みんなを育む
田の力

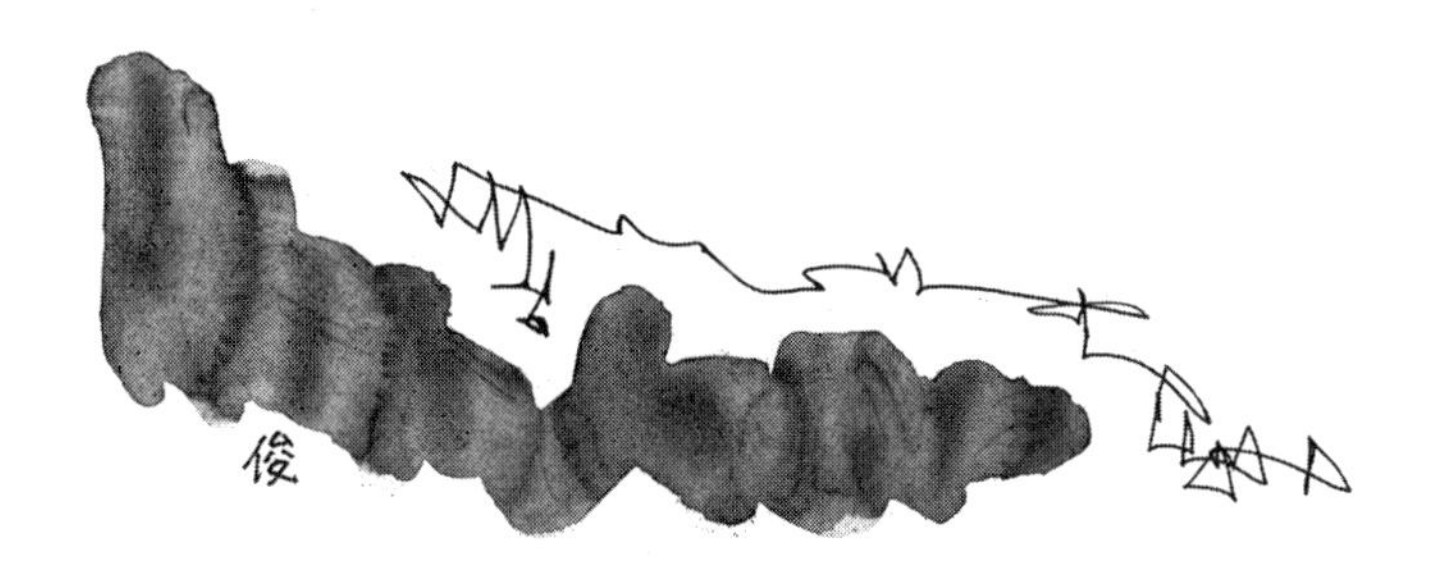

キカシグサ

七月になると
稲田をはうように
びっしりおおう
腕の力がないとはぎとれない
土ごと両手ではがし
となりのキカシグサの群に
はさむサンドイッチ除草も
なかなか進まない

稲田の真中あたり
キカシグサを両手にもって立った
キカシグサにも役目があるのかな

稲の養分をうばう
悪者に見える
稲の根は太く長く深くのびている
キカシグサの根は細く短いが多い
根同志がからみあっている
共生関係にあるのかも

俺の眼力では
わからない
もしかしたら
物質でない原子がいきかう
共生かも

八月の一日

朝
水玉のせる草
切れ味よく
草刈りも捗り二時間
汗まみれのシャツぬぎ一服
後はゆったりと田めぐり

昼
青大将日陰の草むらに
寝そべって子っこ蛇
ちょろちょろ縁の下
鶏十羽

草つまみながら
草けっとばして走りまわる
畑にはカマキリにチョウチョ
のどかな屋敷

夕
風呂焚きおえて
奥羽の山々に
ビールで乾杯
煙草二本吸って
赤い夕陽に溶けていく

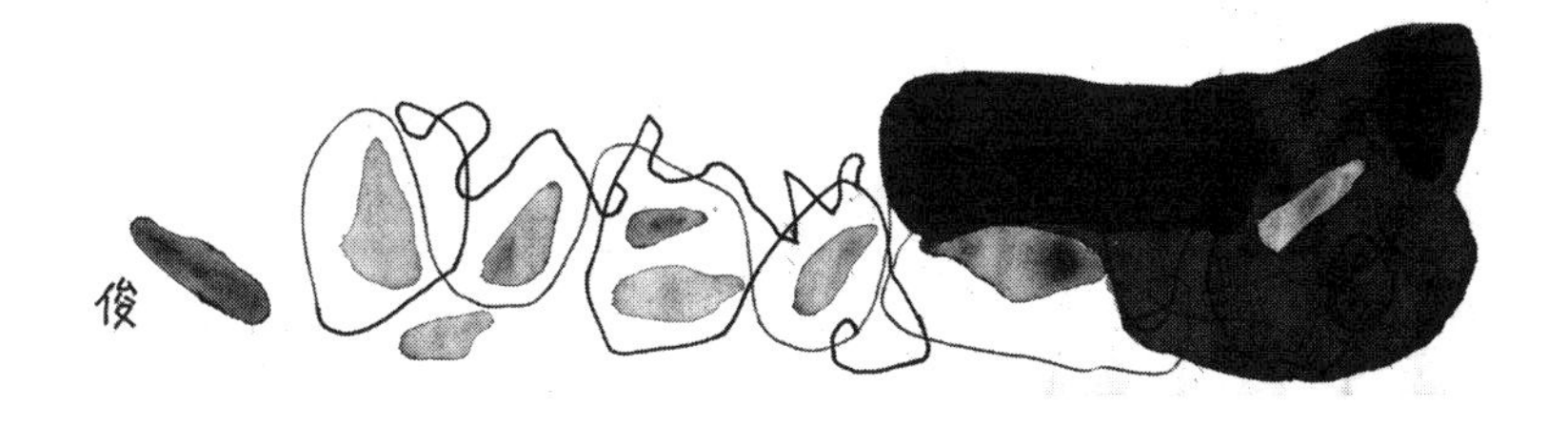

人がつくった南風

令和五年八月二十四日
福島原子力発電所
放射能汚染水
海洋放出

空も海も南風

南風にのって
汚れたちぎれ雲
次々と流れてくる
上空には
地元の白雲
不動で横たわる
南風連日
汚れ雲を
運んでくる
行きつく先は
下北半島か

橙色の広い広い夕空を見て

村みんなで農業やる時代は終った
大豆にデントコーンに飼料米
小中農家がつくる作物でない
助成金で大型機械を入れて
すべて機械作業
農薬散布にドローンまで登場する
いわゆるスマート農業
家族農業ではたちうちできない
村の田んぼは農業会社に
吸い込れていく
田んぼをつくらない農家は
村に住む必要性もなくなっていく

肉食のための飼料自給率
米価を上げないための効率主義農業
農家を消して村を消す

七月の稲田は青々としげり
農民を呼ぶが
農民の姿はない
おらは行く
愛に行く

草木塔

門の板塀一畳のトタンに憲法九条
右翼から始まり
左翼になって
今自然保護だと言っていた
山形県川西町の小関壽郎さん
屋敷の隅に大きな草木塔をたてて
俺が死んだら草木捨に骨をばらまいて
くれと言っていた小関壽郎さん
我家の庭の松が枯れて伐ったら
自然石の小さな草木塔がやってきたよ
石の彫刻家千葉照男くんが
もってきてくれた

びっくりしたうれしかった
何よりの物をいただいた
にこにこして俺の鉄のオブジェを
軽トラックに
つんで帰った

スギナにかこまれ
気持良く鎮座する
大崎市新沼の
草木塔を見にきてください
一木一草を慈しむ小関壽朗さん

花盛り

青く燃える稲田
まさに出穂
籾が開いて
小さな花が咲く

一穂120花
一株25本3000花
一坪50株150000花
一反330坪49500000花

出穂のばらつき
穂の長短あるが

まさに
稲田の海原
豊作を
約束するかのように
ほほえむ花盛り

蛇の火傷死

軽トラックで走っていたら
道路の中央に蛇がいる
対向車が蛇をさけて
通りすぎた

蛇は頭を上げ口を開いて
尻尾までくねらせて
威嚇している
「車に引かれるど」と声
かけても動かない
目が死んでいる
灼熱のコンクリートで

火傷死
枯れ木で草むらに葬った
まだ若い蛇
人がつくった異常気象
蛇まで殺した

カマキリ

女房台所で
「カマキリ見せるから」と
網戸に竹の枯葉四枚
ひっかかっているだけ
「これカマキリ」と指をさす
「大きくなっていくのでよく見たら
カマキリだった」と

おら見てから三日後
網戸の桟を歩いている
後足がすこし緑になってきて
頭も三角になってきた

そろそろ飛びだすか
六日後
死んでいた
なぜかわからない
夏風そよぐ居久根
カマキリを待っていたのに
生命を終えた
もぞこいカマキリ
せめて身上げにと思い
クモの巣においた

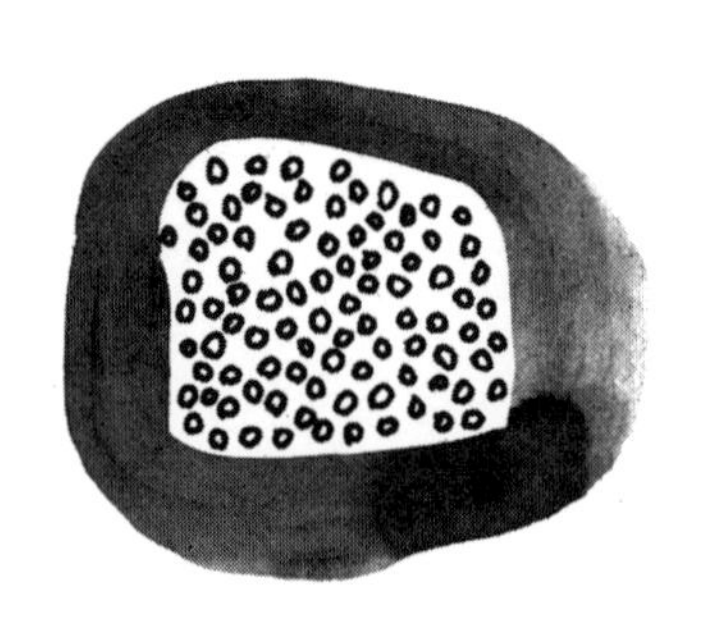

イネドロオイムシ

家々にかこまれた
小さな田
稲の葉が
ドロオイムシにくわれ
白くなっている
絶滅したと思っていた
　安心した

一枚二枚の葉を
ドロオイムシにあげても
稲は次々と
出葉する

過繁茂な稲には
かえって
益虫になる

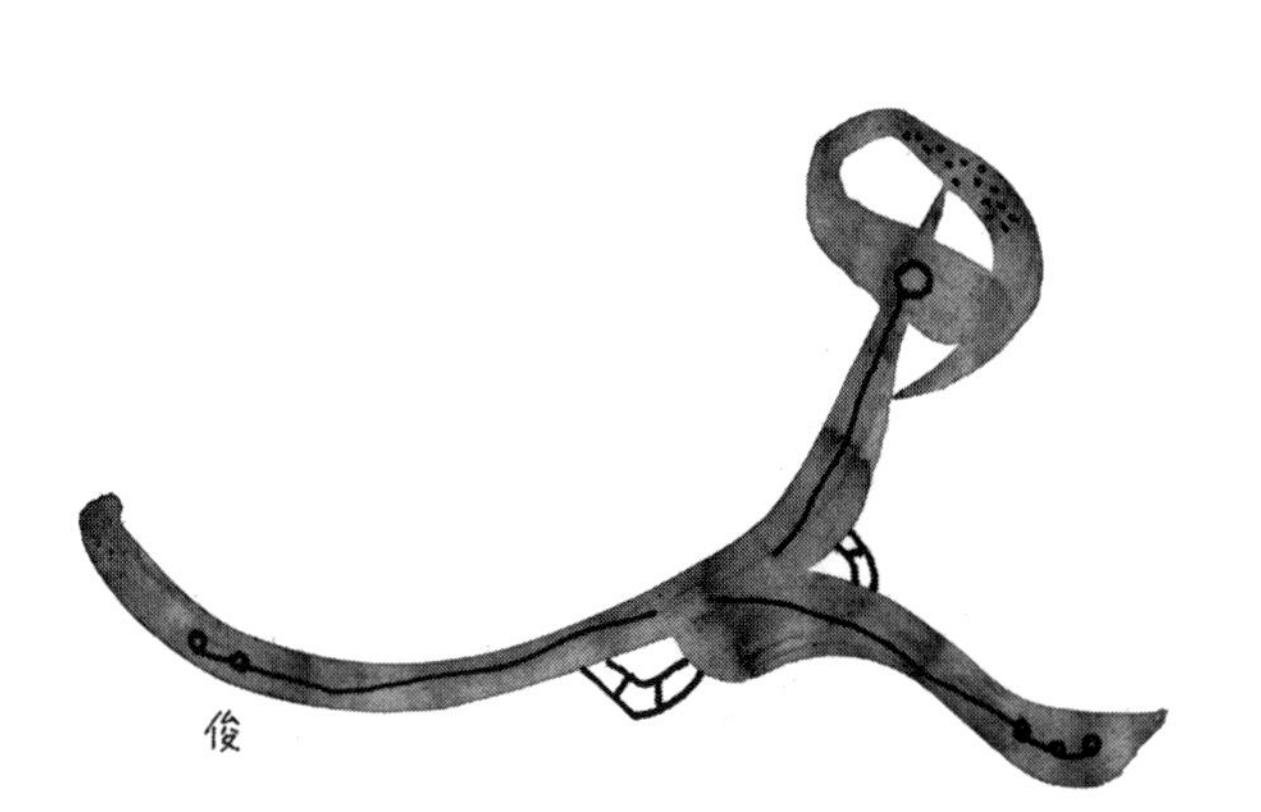

雨蛙

芳子の祭壇に
毎日雨蛙がやってくる
芳子が雨蛙になって
来ているのか
御膳にすわったり
写真にすがったり
朝に来て晩まで祭壇にいる

女房が祭壇で
雨蛙の大便を発見した
おなご百姓の手の平に
長さ五ミリ幅二ミリの

先の尖った大便
「螺旋状になっている」と女房
芳子の祭壇が雨蛙の大便を
教えてくれた
「今日も大便あった」と
やっぱり
おどげでねえおなごだ
芳子もう大便ないから
雨蛙は送り蛙か

芳子　享年四九歳　令和五年八月九日

鉄のオブジェ

稲田の隅のオブジェ
鉄の空間から
アップルミントの
花が咲き
つゆ草の花が
とりかこむ

モンシロチョウ十羽
キアゲハ二羽
ナツアカネ一羽
シオカラトンボ一羽
オブジェを回り

蜜を吸う

田の神おりる
鉄のオブジェに
誘われて

蚊

日本脳炎の病原体を
媒介する昆虫だが
蚊の飛ぶプーンという
音がきこえない

ぼうふら湧く
肥沃な水たまりないか
役所から配られる
殺虫剤か
３５度の猛暑に
耐られないのか
うじもぼうふらも

湧いてこない
人も生物蚊も生物
生物同志接点があるはず
生物界を離れた人には
見えないだろうが

蚊は蚊
蚊は蚊だけれど
蚊の役目もあるはず

ゴーヤ

庭鳥小屋を背に
ゴーヤの苗を四本植て
竹支柱四本建てた女房
夏になり
ゴーヤは緑濃くのびて
ハウチワカエデのような
大きい葉をいっぱいつけ
黄色い花を咲かせて
猛暑から庭鳥を守る
ゴーヤのすだれ
庭鳥もよろこび
卵すこし多く産む

たまに青大将やってきて
空の日もあるが
ゴーヤの実もぶらさがり
いただく日も近い
女房の一石二鳥の行為
ゴーヤうけとめたか
蔓を
ぞんぶんにのばし
庭鳥小屋を
被うつもりだ

夏のお茶

露光る庭に
長靴で入る
白い花咲く
ドクダミ四茎と
若いスギナをえらび
一握りいただく

やかんで煮立て
ドクダミとスギナ
が香る
お茶をいただく
夏のさわやかな

湿りがしみてくる

夏のお茶は
猛暑に耐える
夏の植物にかぎる

蠅

蠅は一匹でも
二匹でもうるさい
三匹になると
蠅たたきが欲しくなる

皿のへりをうろつく
蠅を手ではらうが
たちまち皿のへり
両手をこすって
ごますりか
蠅は人に寄りそう
虫なのかも

蠅取りリボンが
真黒になった
蠅の全盛時代は
通りすぎ
寄りそってくれる
蠅もいなくなれば
人もまもなく

黒虫

甲羅をまとった
1．5㎝の黒虫
軒下のコンクリートを
歩いてる
アクセルがないので
安全歩行
いつも一人行動
一通り回ると草むらに
たまに2．0㎝の黒虫
やっぱり一人行動
名はわからない

カタツムリ

ジャリ道をよこぎる
腹足歩行のカタツムリ
幅１cm
濡らした道をつけながら
マイペース歩行
『カタツムリ何を食って
生きてるのかな』
もう草むらに
角を出したりひっこめたり
草を食っていた

水稲のエロチシスム

春　水田に
早苗がやってきて
緑のグラデーション
が始まる
活着
分蘖旺盛
空に開張し
濃緑の夏
お盆に出穂し
白い花が咲く
水稲の生育が見せる
エロチシスム

秋雨に濡れる稲穂
色艶もまして
止めのエロチシスム
農人だけに
見せる
水稲のエロチシスム

お天道さんと青大将

バリバリ
グングン
音をたてて
お天道さんかせぐ
ビジャビジャ
ドスンドスン
色をおとして
お天道さんかせぐ

もう真上
昼寝
昼寝

たわけ者

お天道さん
御苦労さま一言で
すまされない

青大将
鶏小屋の卵
三つのみこんで
とどけてくれ
すこしは
罪ほろぼしに

蜘蛛の巣屋敷

蜘蛛の糸からむ
アザミの花
観音様にあうと
おもいそえたら
観音様の背に
こわれかけた
蜘蛛の巣

地震でおれた
人指し指
セメンダイン
くっつけた指

蜘蛛の糸
一本
ひっぱってる

タンポポ

軒下の
コンクリートの
われ目から
ちっちゃなタンポポ
一輪咲いている
おらぬかぬから
安心しろ
今日はいい天気だな
アリが
一匹よってきたぞ
ちっちゃなタンポポ
綿毛とばすまで

アリといっしょに
われ目と生きろ
おらが
そっと見ているから

畑の隅の一本の柿の木

スズメの群が葉しげる柿の木にもぐっては
畑の虫をあさる
小麦もそろそろ食べ頃だ
カラスがくるとスズメがいっせいに飛びだす
カラスには木の天辺回りを見わたす
火の見櫓カラスが消えると
またスズメの群がやってくる
初夏の柿の木は風とたわむれ
忙しく鳥たちとつきあう
日が暮れると
スズメより大きくカラスより小さい
見たことのない鳥の群が

どこからかやってきて柿の木にもぐる
宿木なのかわからない
秋にはいっぱい実をつけるが
小さくて誰もとらない
雪をかぶりやわらかく熟すと
冬の鳥たち
一個のこさずたいらげる
鳥たちのために立っている
畑の隅の一本の柿の木

食糧自給率が見えてきた

現在３７％
米と野菜の
日本食文化に帰れば
すぐ５０％
肉とパンの
西洋食文化を続ければ
３０％切る
減反政策で
農民は
７％を切った

美田に

飼料米に
デントコーン
肉食奨励の農政
「自給率を上げよう」
は掛声だけ

終りに
田畑献上すれば
すっかり植民地

天気予報

農家の人々への予報は少くなった
たとえば霜注意報とか
都市の人々への予報は多くなった
たとえば午後雷雨がありますから
傘を持った方がいいでしょうとか
猛暑になりますので
エアコンを使いこまめに水分をとりましょうとか
昔の天気予報は作物中心だったが
今は人の命中心
線状降水帯が発生しましたから
早めに避難しましょう
命を守る行動をとニュースは言う

人が造った異常気象による
洪水旱魃が世界中で起ている
戦争・内乱・原発・飢餓・難民
でも他の種を滅ぼす人類
人の命ってなんだろう
天気予報をききながら
人の命が大量生産された
ロボットの命にみえてくるのは
俺だけだろうか
ますます天の気が狂って
作物がとれなくなったら
どうするのだろう
消費するだけの都市は特に

孤独

尻尾が太い
前を行くのは
狐か
　ふりむいた

老人と狐は
立ち止まり
無関係の
やさしさで
見つめ合う
　夕陽が落ちる

狐は
尻尾をたらし
すたすたと
西山に向った
老人は
見送った

孤独って
こんな光景か

晩秋のクモの巣

寒くなって
虫も少なくなってきた
クモの巣も
線から面になる
アートのような巣が
晩秋になると
三匹のクモがいっしょになり
支点も三点から
五点にふやし
グルグル巻きの支点もつくり
ランダムな立体の巣に
変える

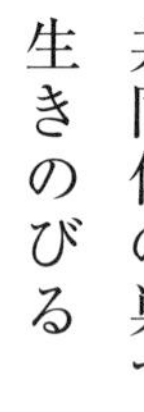

冬に向うクモ達
共同体の巣で
生きのびる

榧の実

居久根の角にある榧の木
稲刈りが始まると
ポタンポタンと実を落す
アスファルト道路にもころがす
車にひかれないように
帚で藪にはくのが朝仕事

雨の日の朝は道路一面
緑の玉の榧の実
バケツ一杯ひろう
手でもみながら水洗いすると
ベトベトするくらい脂が浮いてくる

でも香りはさわやか
緑の表皮をはぐと
黄茶色の実が出てくる
五日ほど天日干しする
硬い殻を割って食べると
力が湧いてくる
榧の実は元気をくれる保存食
栗にしろ銀杏にしろ
二重に被われる木の実には
尊い力があるようだ

クライマー

トップで登るラム
木の根をとんだり
さけたり
小さな岩は
スルスル登る
ほどほどの岩は
ホールド・スタンスを
みきわめ登る
たまにルンゼも使う
大岩は回るように
ブッシュに入る
スラブは

得意なもんだ
いつも
セカンドで
よちよちついてきたラム
いつのまにか
ガイドもかねる
クライマー
尻尾に落ち葉をつけて

蛇の脱皮

薪を積んだ中から
蛇の脱皮をぬいてきて
スケールで計ったら
丁度２ｍ
まだ生温い脱皮だったと
女房喜んでいる

鶏小屋で
四個も卵を
のみこんだ
長老の
青大将

長く艶のある脱皮に
惚れぼれした
同時に
増々おどげでねえ女になる
女房にも
惚れぼれした

稲刈り最終日

ドンドン
ジンジン
ギラギラ
お陽さま稲穂をおしみ
黄金をおとす
サラサラ
クンクン
ハラハラ
風さん稲穂をおしみ
労るように
なでてはゆする
コンコン

ウイウイ
スウスウ
山山さん
稲穂をおしみ
黄赤に色づきはじめる

稲刈り最終日
一町歩の稲株起立
空に向って
有終の美を奏でる
笛のようだ

蜘蛛

屋根から芙蓉の葉に
丈夫な糸を直線にのばし
細い糸を多角形の輪に張りめぐらす
図面なしの線空間
用途をもった抽象建築物
蜘蛛の尻技にガウディもかなわない

夕方おそく
巣の本線五本を渡り
枝線を回収している
蜘蛛も疲れると
本線にぶらさがり一服する

回収終ると新しい枝線を張りめぐらす
朝見たら雨にぬれても
立派な巣になっていた

三日前蝉がひっかかっていたが
五日間獲物を見ていない
巣も大きくほころんできた
鳥の獲物をのがれ
巣の場所を移したの
ならいいが
腹をへらした
黒く大きい蜘蛛が
もぞこくなってきた

大豆ピアノ

外はこな雪から
ボタ雪
大豆ピアノが流れる

虫くい大豆を指でつまみ
右の箱に
　バンバン
　ドンドン
はねまわる
左の箱には
玉大豆
　コロコロ

　スースー
ころげまわる
選り分け箱をゆする
ザーザー
チュウチュウ
手でならし指が
　ポイポイ
ピンピン
大豆ピアノ
ボタ雪にとけていく

カボチャ

シュロの大木を
カボチャが登る
シュロにからむ
ツル植物をつたって
直登だ
節々で
巻毛をのばし
確保しながら

シュロの山頂は
鋭いうちわの葉でおおい
寄せつけない

カボチャはトラーバスして
となりの木を
登りはじめた
木登り好きなカボチャは
雌花をつけないようだ

燕

殺虫剤使用しない
おらの稲田
虫や蝗が多いのか
夕方になると
燕の群が
稲穂すれすれに
旋回している
九月には
見たことのない光景

猛暑続きで
秋の気配がしないのか

燕南方に帰らない
稲刈りまぢかなのに

天の気を狂わした
人という種
燕にも謝らないと

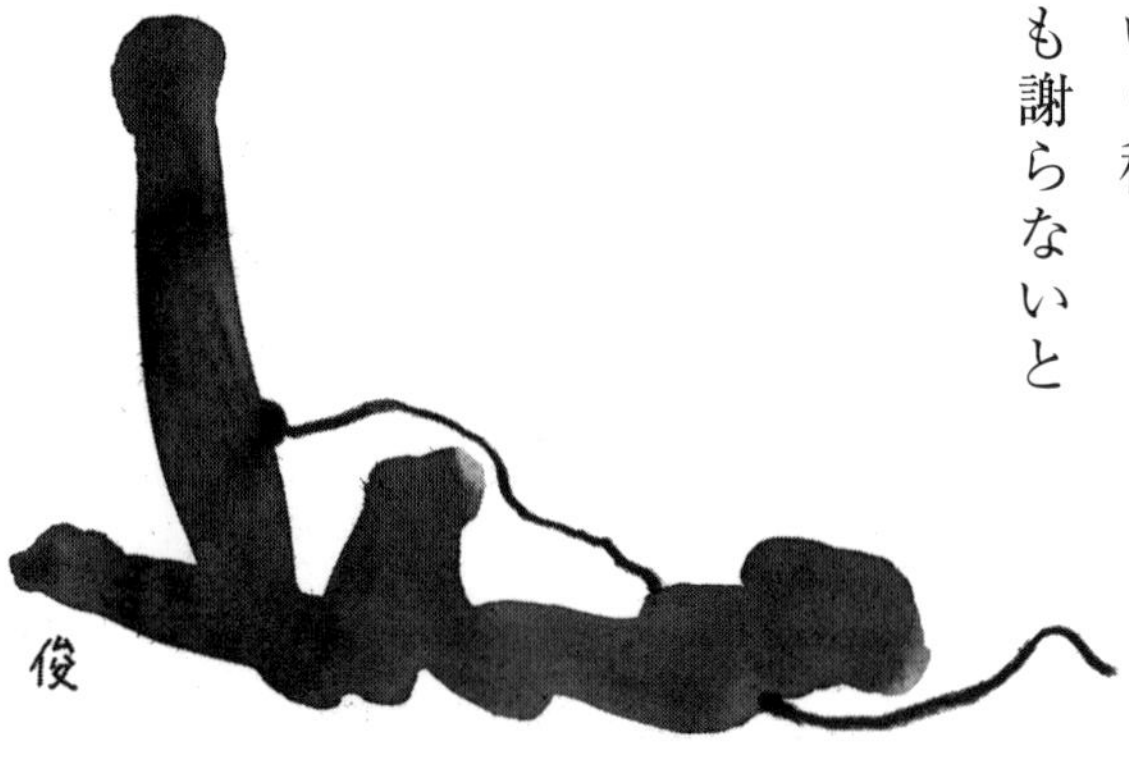

大豆打ち

畑で
ヤロッコハチマキに立てて
乾かした大豆作業場で打つ
茎の根元を握っただけで
球体大豆と虫喰大豆の
割合がわかる
一打で飛ぶ大豆
大きく美しい球体
五ｍも飛ぶ
二打で飛ぶ球体と
落ちる虫喰大豆
三打四打五打六打は止め

根元の莢は指ではじいて
二本の大豆を打ち終える
このくりかえし
一喜一憂の大豆打ち
ピョンピョン
パラパラ
ジトジト
ビシバシ
ドスンドスン
楽器のいらない
作業場の音楽会

金木犀

庭の隅から
豪華な
香りが
やってくる

金木犀が
咲きだした
橙色の
まめっこい花を
山盛りつけて

稲刈りを
知らせる
秋の農事暦

東北１９４号

倒伏した東北１９４号
稲穂の１／４は緑
稲刈りはまだ早い
東北１９４号
米検査で一等米になり
玄米成分検査で
合格しないと
「ササ結び」になれない

倒伏した稲田よ
朝露の艶もいただいて
お天道さんの

光合成もいただいて
水平に養分を送り
緑の稲粒を
黄金に稔らせてくれ

倒伏させた
私が悪いのだが
東北１９４号よ
もうすこし
頑張ってくれ

小さな畑

ナス二畝キューリ二畝
の間にオクラ一畝
紫の花をつけたナス
大中小いっぱいぶらさがっている
黄の花をつけたジバイキューリ
はうようにしげって
かきわけないと見つけられない
しき藁にねそべっているのもいる
大きくあわい黄の花を咲かせるオクラ
次々と収穫されて
節だらけの細木のようだ
一畝にブロッコリとニンジン

収穫まぢかのようだ
そしてインゲン
竹支柱にからみしげるが
黄葉もめだつようになり
収穫も終りのようだ
すこしはなれてキャベツ三畝
モンシロチョウが群てとんでいる
青虫にすっかり葉をくわれたキャベツ
太い糸のクモの巣のようだ
小さな畑みんなよりそって
秋の和の空に
手をふっているようだ

もったいない農婦

ズボンの腰に
稲刈り鎌をさして
コンバインの刈り残しの
稲穂を刈ったり
落穂をひろったり
もったいない農婦
稲穂が手いっぱいになると
コンバインの俺に手わたす

立派な稲穂ひろい
よろこんで振ってみせる
みずみずしい稲穂

ミゴもまだ緑色
太く長く
一五〇粒もありそうだ
この時
農婦と稲穂が
美しく光っていた
腰の稲刈り鎌も光っていた
秋のもったいない農婦の
風景に涙しながら
大崎耕土の抱擁を
実感した

人間ってなんだろう

骨だけの柿の木よ
人間ってなんだろう
つぼみがふくらむ
梅の木よ
人間ってなんだろう
屋根の上のカラスよ
戦争する人間ってなんだろう
藁小屋から
でてきたタヌキよ
自然をこわす
人間ってなんだろう
黒い雲よ

赤い雲よ
人間ってなんだろう
わからんけど
飛行機雲じゃまだよ
土をもちあげるモグラよ
人間ってなんだろう
　知るもんか
仲間じゃないもん

虫さんよ

大豆を指ではじきながら
虫さんよ
もっとまでいに食ってくれよ
ちょこっと食っては
となりの大豆に行く
しっかり食ってからに
してくれよ
大豆さんに失礼だぞ

1／3かじった大豆は
味噌用にする
2／3かじった大豆は

田の肥にする
小さい大豆は納豆にする
まともな大豆は豆腐に煮物にする
捨てる大豆はないが
もっとまでいに食ってくれよ
大豆さんのおかげで
虫さんも生きているのだから
そして
大豆を蒔き育てる人の
ことも思ってよ
殺虫剤はもってのほか
お互い大豆さんに
生かされているのだから
までいにまでいに
いただこうよ

冬のおやすみ

夕方
鶏小屋の戸を開ける
十二羽あらそうように飛びだす
雄鶏は甲高い声で
雌鶏を見守っている
すばしっこい雌鳥は
遠くの畑まで
すっとんで行く
冬は虫も少くなく
漁りも鈍い
暗くなると
一羽二羽とそれぞれ

帰ってくる
真暗になると
畑の二羽も帰ってきて
十二羽宿り木に
風呂におさめの薪をくべ
小さな声で
「おやすみ」と言って
戸を閉る
女房にも言った事ないのに
「おやすみ」という言葉
俺にも在ったのだ

ぬくぬく

暗い
吹雪の空
鳥の群れ
白鳥の群れ
塒へ帰っていく
黒猫一匹
雪にもぐり
藁小屋に
入っていく
みんな
厳寒に生きている

人は
石油たいて
ガスたいて
電気たいて
ぬくぬく
ぬくぬく
節約するが
ぬくぬく
この差は
なんだろう

冬の一日

小豆選別で
一日が終る
こんな日々
一週間つづくと
滅いってくるが
仕事があって
しあわせなのかもしれない
老人には
目で選び
指でつまみ
時がすぎる

赤いダイヤは
菓子箱で
ころがりはねて
光っていく
小豆さん
正月のあんこ餅
楽しみだ

桶職人

味噌部屋から使わない桶をだした
箍がゆるみくずれかけた桶
見ためにはしっかりしているが
水もれが止まらない
風呂の焚木にしようと
草むらにほったらかしにしていた
なぜか手がつけられない
もうシロツメクサの花にかこまれている
やっとハンマーを手にした
底板もぬけた桶の箍におろした
円をつくっていた十二枚の板が
パラパラかさなってくずれた

桶職人土間に筵をしいた
板をほどよくえぐりかすかにななめにけずり
十二枚の板下をせまく上をひろく同筒にくみ
竹を割ってねじって
頑丈な箍四輪でしめ底板は五センチ
浮くようにぶちこみ
筵の鉋くずをはらう桶職人
寸法もあったろうが職人の手技と魂に
ハタハタくずれる
板は鉞でわり竹箍はほどいておしより
風呂にくべた一二〇年生きた桶やわらかい
炎でもえていく今夜は桶職人といっしょに
風呂をいただこう
灰を畑に帰せば霊はめぐってくれるだろう
柿の木の根元がいいかな

冬の鳥たち

どっさりの柿
へたをのこして
すっかり
たいらげて
トゲトゲの
ピラカンサス
すずなりの赤い実
すっかり
たいらげて
南天の実も
すっかり
たいらげた

実のない
吹雪の空
生きのびろ
冬の鳥たちよ

シマハナアブ

一匹死んだ
居間で死んだ
昨夜飛んだのに
今朝の吹雪に
死んだ

厳冬を耐えた
一匹シマハナアブ
死への飛翔か

鶏にあげるか
まよったが

雪をかきわけ
お明神さまのとなりに
小さな穴をほって
葬った
野の花がなくて
ごめん

ばんしゃく

のりもささかまぼこも
ラムとわけあってくったから
うまかったのかな
たまにラムのけんこうをおもい
にまめをてのひらにのせてくわせた
オラのおもいわかってくれたのか
ふたつぶはくってくれた
いつもばんしゃくにつきあってくれて
ありがとう
オラのあぐらあいてるぞ

リックサック
ばんかたリックサックにはいると
きんじょのゆうじんのいえに
さけをのみにいくのがわかる
おくさんがラムのために
ハムをよういしているのもわかってる
二〇〇mのみちのりしずかなラム
リックサックのしたから
ラムのしりをポンポンと
たたいてやる
　今和五年四月二十九日　回帰
　ラム　享年　十八歳

無人栽培

「無人栽培が未来の農業」
というテレビ番組があった
見る気はしなかった

無人の農業機械に
今はやりのドローンに
水耕栽培
人は操作・管理する
ロボット

農人はいらない

田植長靴はいて

田の草取りしたら
ドローンに
撃ち殺される
工場で餌作りする
未来農業は
無人

作物とは
天地の恵みをさずかり
農人丹精こめて
作る物と思っていたが

沢庵桶

沢庵漬ける
とっしょりばあさんの
しわくちゃ手から
とっしょり酵母が発光した
ピカピカ
ユラユラ
ガタガタ

どげろどげろ
沢庵桶
とっしょりばあさんのみこんで
飛ぶど

鳥葬

冬の雨の日
狸の交通事故死
茶色の毛も多く
まだ若い狸
道路側の草むらにおいて
立ち去った

二日後
土葬にしてやろうと
行ってみたら空洞の目
鳥葬のはじまりは
目玉からのようだ

内臓も喰われはじめていた
身上げは鳥葬がいいかと
思ったが畑の隅の栗の木の
下に穴を掘って土葬にした
ピラカンサスの赤い実いっぱいの
枝をそえて
五日後行ってみた
ピラカンサスがしっとりおちついている
狐はまだ来ていないようだ
狸にとって土葬よりも
鳥葬の方がさっぱりと
あの世に行けたかな

怒りを消す方法

日に三度は
お天道さんに
頭を
さげること

怒りが
飛んでいく

ひとつ
生き物
みんなと
友になること

ひとつ
空をあおいで
雲に
いっぱい
手をふること

ひとつ

あとがき

福島原子力発電所の事故を機に、世の中へ物言いたくて怒りから詩を書き始め、農政への怒りへと続き、農民作家故山下惣一さんは同志のように思えました。

無農薬・無化学肥料の米作りを始めた頃も田の草への怒りでした。

宮沢賢治の「労働を舞踏まで高めよ」の言葉を知り、雨の日も田んぼを這うように草をとっていると、いつの間にか舞踏になっていました。

ＢＵＴＯＨ家故土方巽さんに田の草取りの技能免許を授かったようで、すこし農人になれました。

『詩集 稲穂と戦場』から七冊目『詩集 もったいない農婦』まで来てしまいました。

無明舎出版の安倍甲さんの力添えに感謝しています。


空を見上げ地のアリを見つめると、画家故熊谷守一さんの「守の居場所」を思い出します。

私にもクモやカマキリやミミズやタンポポや多くの身近な動植物が付き合ってくれて、やっと小関俊夫にも「俊の居場所」ができました。

ありがたいことです。

生き物同士見つめ合えば平安です。

奥羽山脈に抱かれ晩秋の大崎耕土に立ちて

著者略歴

小関 俊夫（こせき・としお）

1948年　宮城県大崎市三本木に生まれる
2011年　『詩集　稲穂と戦場』（無明舎出版）
2013年　『詩集　村とムラ』（無明舎出版）
2015年　『詩集　農で原発を止める』（無明舎出版）
2017年　『詩集　農から謝罪』（無明舎出版）
2021年　『詩集　飼料米と青大将』（無明舎出版）
2022年　『詩集　虫のために大豆をつくってる』（無明舎出版）

無農薬、無化学肥料の米づくり四十二年

詩集 もったいない農婦
定価一七六〇円〔本体一六〇〇円＋税〕
二〇二三年十二月十日　初版発行
著　者　小関俊夫
発行者　安倍　甲
発行所　㈲無明舎出版
秋田市広面字川崎一一二—一
電　話／（〇一八）八三二—五六八〇
ＦＡＸ／（〇一八）八三二—五一三七
製　版　㈲三浦印刷
印刷・製本　㈱シナノ

ISBN 978-4-89544-687-7